那一朵我未曾再见的云

榆鱼 著

西泠印社出版社

图书在版编目（CIP）数据

那一朵我未曾再见的云 / 榆鱼著. -- 杭州 : 西泠印社出版社，2024.1
ISBN 978-7-5508-4441-4

Ⅰ. ①那… Ⅱ. ①榆… Ⅲ. ①诗集－中国－当代 Ⅳ. ①I227

中国国家版本馆CIP数据核字(2024)第011814号

那一朵我未曾再见的云
榆　鱼　著

责任编辑　程　璐
责任出版　冯斌强
责任校对　吴乐文
出版发行　西泠印社出版社
（杭州市西湖文化广场 32 号 5 楼　邮政编码　310014）
电　　话　0571-87240395
经　　销　全国新华书店
制　　版　杭州敬恒文化传媒有限公司
印　　刷　浙江海虹彩色印务有限公司
开　　本　889mm×1194mm　1/48
印　　张　1.75
字　　数　100 千
书　　号　ISBN 978-7-5508-4441-4
版　　次　2024 年 1 月第 1 版　第 1 次印刷
定　　价　25.00 元

目录

秘密花园

我好奇你的一切
像一个小孩
你就是我的秘密花园

我好奇你的一切
每一次呼吸
每一次心跳
我欣喜若狂地感受
细细呵护,每一朵玫瑰

一洼雨塘
就是一片海洋
一珠花露
便是一个国度

落日

背着夕阳漫步
橘红的影子拉长
日落在我的指尖

黑浪潮涌大地时

黑浪潮涌大地时
玻璃房里的人引种太阳
黑浪潮涌大地时
梧桐树下的人听风披叶
黑浪潮涌大地时
风带来你们的消息
吹得我冷漠而凌乱
黑浪潮涌大地时
我在这里
我在哪里

在阳光下

秋日的早晨
阳光
越过高楼
穿过黄叶
来见我

我静静地
与她打个招呼
任她
将我的身体温暖

我闭上眼
任她俏皮地跑走
带着她的温暖
穿越人潮

月光如水

一汪月色,肆意地散在
无垠的沙漠,月光如水,我想
我是失了主人的骆驼,尽管
身上仍驮着他们的遗物
再过些日子,我想
再过些日子,它们也会消失不见

月光如水,我想
沙石将我的面庞雕刻
月泉又把它抚平
迷失在这望沙海
沉沦于这汪月色
月光如水,我想
漂浮于银色的沙海

叶

拾一片叶
烈焰如火
我未见她的死
她应是新死的
火红的叶瓢可见曾经生命的光
如今我独爱她的死亡
艳红礼服褪去
衰老美人的枯槁肌肤
萧索的美令人透不过气

我静静地看她的躯壳
化作烟尘
很静，很美

门缝里的夕阳

火烧了半边的天
是凄凉又窒息的景观

从浑浊的空气里
锯开一道不致被烫伤的缝
贪婪而胆小，也只能像这样
敬畏地观望
以保全自己
不被过分地烫伤

夜雪

雪在无人的夜里落下
无声无息
无人停驻

洁白的遗体在清晨被发现
热泪盈眶
没有观众的
悲壮的
——死亡！
她在我的脑中鲜活，
舞蹈！

不合时宜地

黑色的鱼死在了春的池塘
不合时宜地
悲伤将它埋葬
它无处可去,所以
死去,留下悲伤
替他活在春天

倒影

我从不敢正眼看你
灼热的光芒绝不是我的眼所能承受

鲜花作你面庞的投影
明月是你情思的映照
棱镜细细刻画七彩童话的梦
聚在一起，是纯洁无瑕的白

你在我的眼前，将世界展开
世界是你的倒影

他们说光芒可以回溯
是不是，
我看见你的影子
你也能瞧见我一点？

想象一株草

请你停下来
想象一株草
从他还只是一粒草籽的时候，
在春天冲破土地
极力伸展自己，
渴求每一寸阳光每一滴水
想象
他每一齿叶缘在
金色的阳光中微颤
想象
他每一根须线在
棕色的黑暗中跃动

想象一株草
在天地之间独立——他从不希冀树的荫蔽
那倒是一种伤害
鲜活，无畏
生在春天

春葬

东风还带着寒
玉兰白花花透着两点粉开了一树
风过曳曳,落下
温暖的雪
把春攥作珠玉
随意散在桃枝
掬一捧清泉在手
飞出相知许久未见的雁,振翅
扇起新春的泥土香,催人迷醉
拾去地母保留的秋天的枝
纪念给我,春的土新葬下
年轻的姑娘

万物有幸

云在天边
散步成方格划分雨的下落
有幸得一场雨或
阳光

万物在春天都是有幸的

跃动

春风
从遥远的温暖蓝色中来
慈母一般安慰
枯木旧草
纤夫拉扯出绿芽
枯黄蜷在矮枫的梢
嫩红也要顶着出来
生命有力地跃动
作春天的脉搏

茶花撕烂他的胸膛

在倒春寒里睡一觉

行色匆匆的旅人，请
停下来，在倒春寒里，在
青黄间杂的草地上
静静躺平，舒展
轻轻闭眼，下坠
睡一觉，做一个梦吧
做一个草长莺飞春暖花开的梦

等到太阳将你暖醒
谁能知道，梦醒了没有

光

光，一束光
霓虹的灯闪，红色的光
在高楼之上
是父亲的三轮车尾明明灭灭的红色
反光
在海的对岸，父亲
背向踩三轮，墓碑
静立在山头，春雨
在为谁哭泣？
红色的灯映照下属于土地的脸
是我吗？是谁呢？
在海的对岸，父亲
静立在山头

海

浸泡在水里
浮肿的躯体
向天空无力叫喊
声音与身体分离

出走,去海底的山顶
日出,把黑暗摧枯拉朽只剩我的心底
点着蜡烛,脂膏流淌凝成大地
花开花落,从不停止四季的更替
永恒的旋律,我的身体重归静寂
谁享用夜的孤苦,从诞生起学会习惯与麻痹
多难的救赎,有那么多的理由去哭泣
可泪水只融入海洋建不起新的大地
留下一个人,凄冷中战栗

每当太阳升起
有一点希冀
换一口气

白狼

夜里，高原之上
地上一弯白
天上一弯白
地上有月
天上有狼
旷远的星斑是他的族群
在他的身后
我祈求
追随，作一点黯光
在他的身后

红

红色衣服的女孩
脸映得惨白
在雨中,向我走来
她大抵不是为我而来
我恰好在路上
她恰好在路上
多情的人多情
冷漠的人冷漠

那红衣是为我穿的
雨里有一团火
心里有一团火
静静地烧
静静地烧
很温暖
很冷漠

真是一团奇怪的火
在雨中烧　静静地烧
没有琉璃包裹
没有灯油可烧
静静地烧
静静地烧

红色衣服的女孩
在雨中，脸映上红
不再那般惨白

她不会知道多情的我
我不曾了解多情的她
她静静地烧
我静静地瞧

月亮是诗歌的旧矿山

月亮是爱
月亮是家
月亮是不舍
月亮是祝愿
月亮是诗歌的旧矿山

幸运
在旧矿之中我遇见你,宝藏
越过阴云与黑
月光照遍我身——是拥抱
越过阴云与黑
月光照遍我身——是唯美的接吻
越过阴云与黑
月光照遍我身——是平静表面下翻涌的爱之海

越过阴云与黑
我遇见
你

浪

海湾，你
静静地，伫立
张开
温暖的怀抱
只为我
此刻
休憩再向远方，我的爱人
我将
心的最深处
闪着你的金红的光
照进深邃的蓝色瞳孔与
迷惘的
浪

见识了火光的人类，怎敢
回到凄冷的黑色

浪

向前，向前，
我已离开你许久
向前向前，向何方？
大海茫茫，与天一色
分不清
方向
下一秒是
与你再拥抱还是
习惯了的失望
我渴望远方，我渴望
故乡
浪啊浪啊，永远地
分不清方向，永远地
向前方，永远的
迷惘

太阳，长久地沉默，只剩
两点火光将熄
在凄冷的黑

浪之死

浪
死在海洋
是最静默的死亡
他曾有吞没山河的力量
是御风而奔
在天地间最广袤的斗场

而今，浪
死在海洋
在静止的海面再无，踪迹
没有骄傲，没有疲劳
只有凝固的蓝色宝石
只有金红一片在天际升起
她曾深藏在浪的心底

是雄伟的巨人
有最静默的死亡
然后放出光芒万丈
赶尽凄冷的黑

灰

黄昏是柴火的余灰
令人放下警惕
被烫伤
一辈子就惦记
那一抹橘黄

世界

破坏了
砸破窗户——但窗户仍在
向水中投石——涟漪之后再无二致

然后恐惧伴随迷茫
逃避成为温床
人们谓之敬仰
麻木地承认真实的谎言
满意地活在无奈的池塘

像一道闪电

夏夜，情爱在无人的森林
——在森林仰头是看不到天的
一道闪电
你点着我深处的森林
火焰熊熊夜如昼

我只见火光不见天色

只有待到森林烧尽
天空才出现
却不见你踪迹

霞

夕阳死在它的身后

鎏金的白羊背向奔跑
不断向前
向前加速死亡
它化作夜的精灵弥散了月光
不断振翅
振翅加速死亡
它化作夜的舞娘月光下翩翩

鎏金的白羊背向奔跑
加速死亡

雨

雨打散深色的树叶
升起青紫的烟雾在铅灰的云下
慢慢融化直到
天边的云刺入夕阳
并抽出橘红的血
作我银杯中的美酒

在舌尖细细品味
咀嚼其中火的灼烧,那锈味在口腔漫延
顺喉管而下又是甘美清冽

之后一泉黑墨出涌东方
侵袭了所有色彩
打散深色树叶,升起青紫的烟雾
在墨黑的云下慢慢融化扩散,
然后银色的月光划破
大地是负伤的骑士
从甲隙间渗出昏黄的光
一直淌到天边

仅存的色彩伴夜莺鸣歌
在黑色的空间交融变化
把空间充盈如油画家那多欲狂野的调色盘
将天空与大地混为一谈
令一切方位名词失去含义
揉碎每一丝虚伪与修饰

野欲在空间中疯涨

直到巨神重开天地
太阳重新升起

漫步

金红色沙滩一字铺开
层层叠叠交织
在海蓝的背景
黑的浪侵她得急
可她不失沉稳与端庄

我看见女神在天际
与她金红的翅膀
拥我入怀

夏夜

楼宇间
涌入银色潮水
银色，泄在球花之上
花的名字
是夏，蓝白色的花点缀夏之燥热

周遭安静
只有池水泉泉，荡漾我的目光
我遇见池莲
一棵又一棵
正含苞待放
我已尝得芬芳

曾埋藏记忆的某处
涌出的花青色的
夏夜啊

鱼

你把我淹没,窒息
你为我续上,呼吸
从此
我变成了一只鱼

夜之诞生

夜风朗朗
清晰地划出我的发
粗犷地刻我的躯体
我的眼乌黑而有光

在西向天际跳动的
我的心脏
橘红而炙热

匆匆而抬不起头的陌生人啊
我与你分享
我的身体的
绽放

他死在这样一个夏夜

黑云一吐为快，又匆匆离开
眼睛直直向天空看
月色银白，照进他的头颅
其中一片烂漫
海风啊，吹得很慢
夜潮涌起，泛珍珠的白光
虫鸣潮湿又苦而咸
沙温柔地弥散他的身体

一个轻盈的身影
在浪头舞蹈朦胧

悼亡

从泪水中炼出诗行
直到枯竭了海洋
才发觉,少有悲伤
而心中的彷徨
却如泉般流淌

无题

阴云下的灰暗
香烟里的悲哀
小学门口的保安
保卫着自己的孤单
人群热爱的惰懒
幻梦中的时代
雨下得也慢

看见

踮脚可以看见
橘红色的阴天
以为是她内敛
是我站得太远

海边的房子

海浪温柔地杀死礁石
在无尽的时间里建起一所所房子
又推倒

海风夹着盐的味道与自由
我将头发披散随风
脚浸在泡沫里
我是一所海边的房子
等待着长久的夕阳
与死亡

夏日

虫鸣与树荫
阳伞下,街边剃头师傅袒露胸脯
夕阳里,晚风织出橘红色的梦幻
月半轮,灰蓝天空映照重墨的叶
风抚发,我的思绪被拉扯到天边

夜雨

当黑色的天被撕开,裸露白色的肉
雨粒如铅,凿开我的骨头
雨粒如泉,洗净我的瞳孔

衣物变得轻盈而通透

你赤裸地立在夜雨的面前
当他洗尽你的附丽而直视你的灵魂
我在母乳般,不可思议的月泉中寻得依偎

生长

老树又见秋风
夏虫新遇霜雨

像寻常一样
听日日不寻常的风

当满树的音符都落入我的梦
当满江的潮水都化作我的泪
秋天就在我的体内发芽
长成橘黄的蟹膏与火红的夕阳

秋夜梦想

冷调的蓝天正落下凝固前
最后的雨
满树的红叶在晚风中奏响
黄昏哀曲

风从北方
吹来齐飞的雁群
杯中月光
在秋色夜中微醺

夏天随红叶,飘零深埋地底
我呼吸着
那一夜,你的呼吸

太阳，一只黑猫

渴望被爱的人在夜色里寻找
黑色精灵眼里的光
他们把它当作太阳
无处可去的爱在这里把谁照亮

无题

夜里
路灯下
一只猫与它的流浪汉
一袋鱼干与过期三明治
一阵冷风与拥抱

请与我在被你称作黄昏的季节相遇

请与我在被你称作黄昏的季节相遇
我会穿着火红的礼服与白净的衬衣
等待一个属于你的欢愉
告诉我你生活如意，一切顺利
倘若他让你彷徨与凄凉
请张开双臂
我愿分享仅存的温度

假如明天以后我再也见不到你

假如明天以后我再也见不到你
我是说——再也见不到你
那将会是很长很长的日子
你会寂寞吗?
你会埋怨、思念、梦见我吗?
当秋天的第一片叶落与春天的第一朵花开
你会想起我的名字而怅然若失吗?
当阴云遮天与银月圆满
你是否有人陪伴,还是一个人入眠?

如果
明天以后我再也见不到你
我一定不愿你流泪,不愿你知晓
在黄昏里的告别,一如昨日
我笑着与你作别
你也笑着招手,对我说
明天再见

那些平淡的日子与平凡生活

那些平淡的日子
请不要厌烦
生来的几年里，我还未尝够
那些平凡的生活
请不要轻视
我有限的灵魂，只许我经历一次

请不要说什么百年未有与千年一遇
它对历史太短，对我
又太过漫长

请不要羡慕他人的生活
财富或许不比贫穷令人欢愉
欢笑一如泪水为我所接纳
我并不贪心所有
只是
让我过你们口中平凡的生活吧！
让我浸没在平淡的日子里

让我默默无名
也让我自作多情
你们不会懂得我的乐趣，就像
我不理解你们的骄傲

我愿意风流
却也愿意平淡
嚼出其中的苦与甜
我有限的灵魂
只许我经历一次

落叶

一片两片金黄
绚烂的哀凉
可总梦想一片无瑕的金黄
若是无瑕又如何哀凉

晚秋

一弯银钩挂天边
两缕流白
几抹虹彩

又是一阵北风，吹厚了天空
明天，将有一场雨
又是一阵北风，压灭了灯火
明天，将是一片黑
北风一阵
又是一阵北风
北风呵！北风

我请你珍惜当下罢
因为凛冬将至
漫漫寒夜后，你的眼里还能否有光
漫漫寒夜后，你的眼里还能否承受光

如果，有那一天
银月踩着软云
红霞跨过黑天

南国之雪

南国之雪
兀自地落
她出乎意料，染白了天空
她不像一只北方的虎
而是天鹅，落得很静，很安宁
随风而不张扬
镁光灯下又如群蛾舞烛
她们是否分享相似的命运？

风的方向杂而乱
雪从四方将我包围
先是一阵寒
再是指尖的两点火花
尔后全身都灼烧起来
好似烈酒穿肠，心也跳得快
热烈烧遍了全身
却是极安宁的，雪也不融

那火是在南国之雪中静静燃起
那火是否随南国之雪而静静消散

起码
在那之前
细细品味
她的炽热
她的热烈的安宁

夜色出逃

当我企图忘却时间的时候
表针仍不停地走
梅花在暖冬里多了抹娇羞
嫩黄色的裙里散出冷香
平板推车的塑料轮噜噜作响
夜里的工作继续
空荡的操场上
立满单杠的影
月色只在天边一团
云后若现若隐
镁光灯下的我浑身赤裸
我看见自己的灵魂的细小的战栗
影子拉得很长
在不断的扭曲中看清自己的模样

属于白天的诗

属于角落与高楼背后的阴影
请你自由地出逃吧
到金色的嘈杂中去
装聋作哑就好
到刺眼的愚昧中去
放下思考就好
汗流浃背也好
想着明天就好
夜色降临的时候
你会恨他来得太快么？
还是得到一丝的安慰与喘息

夜雾

夜色里的雾在城市的灯光下
说不清是浑浊还是纯净

从中迷迷糊糊走出一个人影来
雾中我辨认不出距离
也看不清她的容貌
但那身形却是不容置疑的明晰

她若是离我很远
那她想必是个巨人
倘若她近在咫尺
我愿意倾听她的小心思

我轻轻呼唤她的名字
她报我以微笑——我明白她在微笑
又隐身于夜雾

发

风吹起你的头发
我取一朵浪花住下

思春

任北风吹
春已从土中萌发
你的芳香拂面,你的温暖怀抱
我逃入其中筑起一间小屋
我在你的唇上驻足
我在你的发中熟睡
我接住你的泪
用它们浇灌一株爱的苗
任北风吹
阳光甚好
等到明天
便是春天

无题

夕阳下
橘红的海里散落几串珍珠
是谁的脖颈？

乌红的飞鸟落入绵白的温柔
清蓝的星光跳出漆黑的沉默
玉兰在晚饭里荧荧
而你在我心头静静

像夕阳一样爱我

让我直视你红晕的脸庞
即使在心底烙下温良的刺伤
你是天空的伤口
是初结的血痂
我听见你的血在其中奔涌
当晚风吹起我的长发

草原

风从遥远的东,从大海
一直吹到
这片草原,远方,天地之际
黑的脸庞与白的羊群
五色的衣饰里有
无瑕的眼
闭口不语
蓝天之下
风吹草动

春光

明天以后
把春天送给每一个人
把冬天埋葬
我的身体里开出鲜花
当金色的太阳
打湿我的面庞
你会明白,生活不知那泪痕两行

林

赠刘君

我该对你说些什么呢?

我的心已经干枯成石

昨夜,我把她吐出,埋进春的大地

也许吧,有一天

她会长成一棵树,开两朵花,落几片叶

在一群树中难以辨认

但我还是会回望,胸膛里

那片青春的森林

王朝

雨在夜里落下
一落便是千年
催得花开又打落
沧海桑田之间
送来一缕你安和的呼吸
是睡眠
是太阳
是春风
是萌发

你是……
是在我唇上的一珠甘露
是在我肩膀的一抹疲倦
是在我手心的一团温暖
是在我胸膛的一层柔软

雨是今夜
天地苍茫
而你在何方
雨是永远的和声

直到大海干涸
直到月色不再
那一夜
我忘记大雨
我梦见你

月

银色是今夜的曲调
晚风一阵披我浑身洁白
月光一地濯我几点泪珠
夜色苍茫
今夜是银色的曲调
我的四肢伸长，一直到天际
某处
太阳正升，月色渐弱
此处
银色的安魂曲里
合上双眼

洗

当我一个人
安静地洗手
水流开得很小
静止的水晶流淌
挤很少的洗手液却也足够
足够洗去很少的污浊与丑恶
足够重现十根白净的指头
纤弱的水流穿行指尖
好似一尺玻璃小蛇
却将我缠入梦的境界

山行

见了朝霞的颜色
便料想夕阳的雄壮
见了晨露的轻灵
便料想山泉的甘甜
于是我跨越时间
于是我翻越山丘

于是我跨越时间
于是我翻越山丘
在一片竹林深处
碧绿的叶着了金红的火
于是雄壮的红日没入甘甜的泉眼
我痴痴住进你的瞳仁
一日的行程于此终结

雨后的蔷薇

雨后的蔷薇
伏倒谁来依偎
只剩天慢慢黑
还有几滴眼泪
天边两行雁飞
夹着落日余晖
品尝孤独滋味
青春几时返回？

雨后的蔷薇
更添一种妩媚
多了皱纹几尾
是被心事灌醉
琉璃般的氛围
连呼吸都轻微
精心打扮的美
一触碰就破碎

碎言

思绪到了口边却
揉作一团
只流出业已被
肢解的
音节
可略尝出瞳仁里
翻涌的
海的
咸

你吻过的水

望见你的
游泳，有力而温柔的与
海的吻
一如大海
有力而温柔
……
用胸腔里最后的氧气
作别
用血管里流淌的年轻
相拥

一条入海的河
它是我的
泥沙俱下
是我的羞耻与情欲
我的自私与高傲
它是我的
泥沙俱下

可是大海
这一潭永远的
湛蓝的
你吻过的水
永远地
张开怀抱
将我的泥沙俱下
拥入
你的温柔

夜

我终于逃离
那人造的烟火
然后才得以
看清夜的斑驳

无题

任阳光抚净旷远的蓝天
任雨泉润养如茵的绿草
任东方吹起多情的青丝
任莺儿歌唱燕儿舞蹈
任一切的美好在时间里掠过

可我还未洗净垢尘的面
可我还未拭去昨夜的泪
可我的眼还未适应光明
可心中的冰还未化水
可短暂的生命在时间里漂泊

池

雨
落在名为夜的池中
辽阔的池面
千层万层水波里
藏着千个万个有关夜的故事
大概此刻
也有千个万个失眠的人
守着这一池夜雨
守着他的一层水波

而我守着我的
一层水波
期待着
在有限的激荡中
与你邂逅

那一朵我未曾再见的云

见她
是在夏日的一个午后
那是惊鸿的一瞥
我痴痴了……

我多想留一张她的照片
可不想远处的楼房
遮了她容颜
她离我
是多么远呐！
比那远处的楼房更要远上千倍、万倍

那好吧
我等
等到下一次她露面的时刻

我苦举着相机
可不想她竟是兀自远去了

……

渐渐的，天空里
找不到她的一点痕迹
仿佛我的心一般
空空荡荡的

讨厌孤单却爱寂寞的人

讨厌孤单却爱寂寞的人
这个世界对他太过残忍
仅能够经历一次的人生
怎么把世界的乐趣确认

讨厌孤单却爱寂寞的人
他的朋友不理解他的恨
他也不愿离开他的朋友
却也要享受林中的寂寞

讨厌孤单却爱寂寞的人
他多想有一个分享寂寞的人
可人生总是那么的矛盾
分享的寂寞往往失了真

讨厌孤单却爱寂寞的人
他咒骂夜班车离开的准
讨厌孤单却爱寂寞的人
他也在雨中品味夜色的冷